Vite, vite, envoyez vos blagues, charades, énigmes, etc. à :
« Toc ! Toc ! Entrez ! », *J'aime Lire*, 3, rue Bayard, 75393 Paris Cedex 08
ou par mail à : jaimelire@bayard-presse.com

DE L'ANNÉE ?

C'EST VRAI !

Le 13 août est la journée internationale des gauchers.

Ça n'empêche pas d'être adroit !

bosses ?

Réponse : un chameau qui s'est cogné la tête.

3. Demande-lui d'aspirer avec les deux pailles

4. Surprise : aucun liquide ne monte dans le verre !

Source : « Les paris impossibles », Gallimard.

À LA PÉTANQUE ?

Réponse : c'est le seul qui essaie de faire des têtes.

BLAGUE Deux fous se promènent dans le désert, l'un d'eux tient une porte d'auto. Il dit à son copain :

Tu me diras quand tu auras trop chaud, je descendrai la vitre.

VROUM VROUM

LES CHATS ?

Réponse : à la mi-août (« miaou »)!

Illustrations blagues, histoire de mot, pari... : Mauro Mazzari

C'est dans ton J'aime lire
en août

Le prince des nuages

*Écrit par Marie Vaudescal
et illustré par Denise et Claude Millet*

Chapitre 1

Le jour que Paco préfère

Sous le poids de Paco, le vieil escalier craque. Paco est pourtant si léger! Dans ses bras, il porte un sac de chez le quincaillier. À l'intérieur du sac, il y a trente mètres de ficelle, un rouleau de Scotch gris et une dizaine de petits rubans.

Arrivé au cinquième étage, il donne un petit coup de pied en bas d'une porte. Les écrous grincent et il entre dans l'appartement. Il y vit avec Chana, sa petite sœur, et Elita, sa maman.

Quand il entre, Elita lui demande :

– Alors ? Tu as tout dépensé ?

– Presque, répond Paco en montrant le peu
d'argent qui lui reste.

– Et tu as tout ce qu'il te faut ?

– Oui, tout.

Dans la cuisine, Paco regarde le calendrier.
« Plus que trois semaines ! » pense-t-il.

Plus que trois semaines, et ce sera le grand jour, celui que Paco attend avec tant d'impatience : le jour de la compétition du plus beau cerf-volant !

En général, Puerto Tortuga est une petite ville mexicaine assez calme. Mais chaque année, à la même époque, la plage s'illumine de milliers de couleurs. Qu'ils soient du quartier du port ou de celui de la plage, tous les enfants se rassemblent pour présenter leurs cerfs-volants.

L'année dernière, Paco est arrivé sixième au classement. Ce n'est pas si mal pour un garçon tout seul, mais c'est assez loin derrière la célèbre équipe des Piquillos.

Les Piquillos, ce sont trois amis qui habitent du côté du port. Le genre de gars très doués qui n'ont pas leur langue dans la poche.

Paco, lui, habite le quartier de la plage, et il n'a jamais osé leur parler.

Voilà maintenant trois ans que les Piquillos gagnent le concours du plus beau cerf-volant, mais, cette année, Paco a un petit espoir. Il a économisé dur pour s'acheter du matériel de qualité. Alors, il va tout faire pour passer troisième, ou deuxième. Ou, pourquoi pas, premier?

Chapitre 2

Un cerf-volant moitié-moitié

C'est la fin de la journée : dehors, le ciel devient doré. Dans l'appartement, la chaleur est lourde. Paco ouvre les persiennes. L'air de la mer s'engouffre, on peut enfin respirer. Paco rassemble son matériel sur la table, puis il disparaît dans le grenier. Il en ressort quelques minutes plus tard, chargé de son vieux cerf-volant. Celui avec lequel il est arrivé sixième.

— Tu as ressorti ton ancêtre ? se moque Chana en le regardant passer.

Paco ne répond pas. Sans attendre, il se met au travail. Il démonte l'ancien squelette, mesure, coupe, assemble, colle. Cette année, son cerf-volant aura la forme d'un oiseau. Un oiseau moitié-moitié : moitié neuf, moitié récupéré.

    — Tu démontes tout ? demande Chana.

    — Absolument tout, affirme Paco.

Les jours qui suivent, Paco rentre vite de l'école. De toute façon, il n'a pas beaucoup d'amis. Au moins, la fabrication de son cerf-volant lui donne une bonne excuse pour foncer droit chez lui, sans se poser de questions.

Au bout d'une semaine, l'oiseau est enfin prêt.

– Hé, Paco! Où vas-tu? demande Chana en voyant son frère sortir, son petit-déjeuner à peine avalé.

– Sur la plage, essayer mon cerf-volant.

– Quoi! s'écrie la petite fille, et tu partais sans m'avertir! Attends!

Chana disparaît et revient en un clin d'œil, en sautant sur un pied. Elle essaie de passer ses sandales sans s'arrêter.

– Attends ! Attends ! supplie-t-elle à nouveau en s'éclipsant du côté de la cuisine.

Paco soupire, et sa petite sœur revient, un chapeau vissé sur la tête et une tartine entre les dents.

– On peut y aller ! articule-t-elle.

Sur la plage, le sable est encore frais. Le soleil éclaire d'une lumière blanche et le vent du large ferait bien frissonner. Pas d'odeurs de cuisine, pas de cris, pas de rires. À cette heure, les boutiques qui bordent la plage sont fermées et les rideaux tirés.

Pendant que Paco se concentre, Chana s'amuse à piétiner la ligne d'écume qui ondule sur le sable.

– Tu veux un tamarindo*? demande-t-elle
en sortant quatre sachets rouges de sa poche.

– Chuut, fait Paco.

– Oui, mais tu en veux ou pas?

– Chuuut! répète Paco, je cherche à
comprendre d'où vient le vent.

Au bout d'un moment, Paco se décide. Il
soulève son grand oiseau et il prend son élan.
Très vite, l'oiseau s'envole.

– Oooh! s'émerveille Chana.

*Les tamarindos : friandise que les enfants mexicains connaissent bien.
C'est de la pâte de tamarin légèrement salée et pimentée.

Paco essaie quelques figures. L'oiseau plonge
à pic et remonte avec grâce. « Avec les rubans
et la traîne, ce sera épatant ! » pense-t-il.

Et l'espoir de gagner le concours grandit
dans le cœur de Paco.

Chapitre 3

Le triple parachute des Piquillos

Dans le ciel, l'oiseau de Paco fait des pirouettes. Sur la terre, le temps s'écoule lentement. Après avoir englouti ses tamarindos, Chana se lèche les doigts et déclare :

– Je vais aller faire un tour du côté de la digue.

Mais Paco est bien trop absorbé pour faire attention à sa sœur. Au bout d'un moment, Chana revient en courant :

– Hé, Paco ! Paco ! Il faut que tu viennes voir ça ! Derrière la digue...

Paco demande :

– Quoi ?

– Derrière la digue, il y a l'équipe des Piquillos ! Ils sont venus avec leur nouveau cerf-volant. Si tu le voyais ! Il est énorme !

– Énorme comment ? s'inquiète Paco.

– Énorme comme trois ou quatre fois le tien !

Troublé, Paco fait atterrir son oiseau et emboîte le pas de sa petite sœur. Ils galopent jusqu'à la digue et grimpent entre les rochers. Arrivés en haut, ils s'aplatissent.

— Qu'est-ce que je te disais, chuchote Chana.

Là-bas, les Piquillos s'affairent autour de leur cerf-volant. Après plusieurs essais, le monstre des airs décolle et vole un peu de travers.

— Il est encore plus beau que celui de l'année dernière ! s'exclame Chana sans se douter du mal qu'elle fait à son frère.

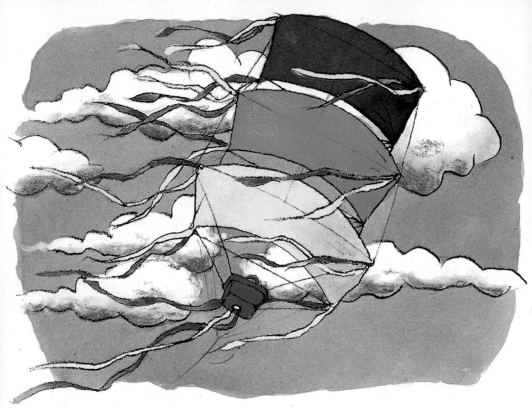

Mais Chana n'a pas tort : le cerf-volant des Piquillos est loin d'être ordinaire. C'est un triple parachute, or, vert et bleu. Les rubans sont mauves et jaunes. Il y a même une petite nacelle pour mettre quelque chose.

Les trois garçons cavalent en riant. Caché en haut de la digue, Paco les regarde avec envie. Il y a des moments comme ça, où la solitude lui paraît insupportable…

De retour à la maison, leur mère les questionne.

– Alors? Il paraît que vous avez vu les Piquillos. Comment est leur cerf-volant, cette année?

– Oh, dit Chana, vraiment très beau!

– Plus beau que le tien, Paco? demande Elita.

– Ça dépend des goûts, interfère Chana.

Paco fait une drôle de mine. Depuis qu'il a vu les Piquillos, il s'est refermé comme un coquillage.

Elita ébouriffe les cheveux de son fils :

— Ne t'en fais pas, mon grand. Pour gagner le concours, les figures comptent autant que le cerf-volant.

Chana intervient encore :

— Dans l'équipe des Piquillos, Esteban est fort en figures.

– Paco, dit Elita, si leur cerf-volant est gros, il se pilotera moins facilement que ton oiseau. Ça te laisse encore une bonne chance de gagner !

Et, peu à peu, les joues de Paco reprennent quelques couleurs. « Oui, se dit-il, si je veux avoir une chance, le jour du concours, il faut que je m'entraîne à faire des figures extraordinaires ! Il faudrait... Je ne sais pas... Que j'en invente ! Ou au moins que j'en réussisse une très difficile ! »

– Ne t'en fais pas, Maman, dit-il enfin, tout ira bien.

Les Piquillos se distinguent encore : ils vont présenter un superbe cerf-volant parachute. Mais Paco espère dominer le jeu avec des figures acrobatiques...

·········· **Chapitre 4** ··········

Un garçon incroyable

Le lendemain, Paco se lève alors qu'il fait encore nuit. Il lui reste deux semaines avant le jour du concours. Et il décide qu'il s'entraînera chaque matin avant de partir pour l'école.

Quand il arrive sur la plage, tout est désert. La mer est basse. Le jour pointe timidement son nez. Seul dans cet immense paysage, Paco fait s'envoler son oiseau.

Il s'entraîne longtemps, jusqu'à ce que la marchande de pescadillas* arrive pour installer son étal. Non loin de là, le patron du restaurant de fruits de mer ouvre sa porte pour chasser un petit scorpion qui passe ses journées à chercher un moyen d'entrer de nouveau. Il est 7 h 30. Paco doit partir.

* Les pescadillas sont des galettes de farine de maïs, garnies avec du poisson.

À son retour, Elita et Chana ne s'aperçoivent même pas qu'il est sorti. Et tous les matins, pendant deux semaines, c'est le même rituel : Paco se lève de très bonne heure, il s'entraîne d'arrache-pied jusqu'à l'arrivée de la marchande de pescadillas, puis il rentre chez lui pour prendre son petit-déjeuner.

Un après-midi, en rentrant de l'école, Paco aperçoit les Piquillos derrière la digue. Comme toujours, les trois garçons ont l'air en grande forme. Comme d'habitude, Paco les observe de loin.

Soudain, une voix qu'il connaît bien le fait revenir sur terre.

— Encore en train de baver devant ce parachute! s'exclame Chana.

— Laisse-moi tranquille! grogne Paco.

— De toute façon, ajoute la fillette en tournant les talons, les Piquillos ne sont pas près de remporter la victoire, cette année.

Chana s'éloigne, l'air important.

Paco la rattrape et demande :

– Et comment tu le sais ?

– Je le sais de Berardo, qui l'a dit à Anna, qui l'a dit à Luis, qui me l'a répété.

– Et qu'est-ce qu'il y connaît, Berardo, aux cerfs-volants ? se fâche Paco.

– Lui, rien, répond Chana. Mais l'autre matin, son père pêchait des coques*, à six heures et demie, et il a vu un garçon qui faisait des figures incroyables avec son cerf-volant. Il ne sait pas qui c'est, mais il est sûr que c'est ce garçon-là qui va gagner.

* Coquillages enfouis dans le sable.

– À six heures et demie? s'étonne Paco.

– Oui, assure Chana.

– Tu en es certaine? insiste Paco.

– Puisque je te le dis!

– Ce garçon, demande encore Paco, il était incroyable comment?

– Incroyable, comme INCROYABLE! répond Chana en faisant de grands gestes. C'est le prince des nuages.

– Le quoi?

– Le prince des nuages, répète Chana. C'est comme ça que le père de Berardo l'appelle.

Paco regarde sa petite sœur disparaître à l'angle de la rue. « Ça alors! se dit-il. Sur la plage à six heures et demie, il n'y a jamais personne... sauf moi! Le prince des nuages! Serait-il possible que ce soit... moi? »

Paco est tellement fier, tout à coup, qu'il se sent prêt à tout remporter!

·········· **Chapitre 5** ··········

Le prince des nuages

Le jour du grand concours est enfin arrivé et,
dès le matin, la plage grouille de monde. Pour
l'occasion, de petits camions se sont installés
au bord du sable. Ils vendent des glaces et des
boissons. La marchande de pescadillas est là,
elle aussi, accompagnée de ses copines.

L'ambiance est à la fête, les gens sont très excités. Depuis que Berardo a parlé du prince des nuages, l'autre jour, la rumeur n'a pas cessé de grandir et tout le monde attend le mystérieux garçon avec beaucoup d'impatience.

Quand il arrive sur la plage, Paco est un peu nerveux. Il a passé tellement de temps à se regarder dans le miroir de sa salle de bains ! « Je suis le prince des nuages, je suis le prince des nuages ! » s'est-il répété mille fois, comme s'il cherchait à s'en convaincre.

Dans sa tête, Paco a tout imaginé : son vol dans les moindres détails, le moment où tout le monde découvrira sa véritable identité. Il a même pensé à un petit discours de remerciement. Mais bon, il n'est pas sûr d'avoir l'audace d'aller jusque-là.

Avant le début de la compétition, Paco se promène entre les cerfs-volants. Au beau milieu de la plage, il repère un attroupement. Bien sûr, il fallait s'en douter ! C'est le triple parachute des Piquillos qui attire tous ces admirateurs. Paco les observe un moment. Savoir qu'il est le prince des nuages, ça devrait lui donner des ailes. Mais, au lieu de ça, Paco baisse les yeux.

Il s'apprête à repartir quand, soudain, quelqu'un l'interpelle :

– Hé, toi ! Tu passes dans quel groupe ?

Paco se retourne vivement.

– Tu passes dans quel groupe ? insiste le garçon, qui le regarde fixement.

C'est Esteban, des Piquillos ! Paco sent son ventre se nouer. Son cœur s'accélère, mais rien ne sort. Depuis le temps qu'il meurt d'envie de leur parler ! La panique ! Paco reste muet comme une carpe !

– Je t'ai vu arriver avec ton oiseau, dit Esteban, il est vraiment très beau. Comment tu t'appelles?

– Paradès. Euh… Paco…

– Alors, bonne chance, Paco Paradès, lance Esteban sur un ton amical.

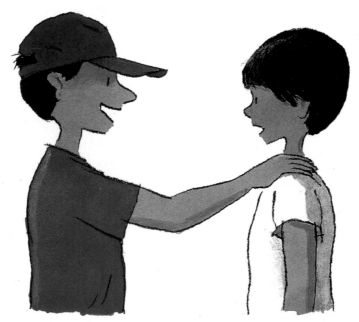

Planté au milieu des couleurs qui tapissent la plage, Paco regarde Esteban s'éloigner.

– Bonne chance, aussi! bafouille-t-il trop tard.

Vers trois heures, une brise se lève et les concurrents se préparent. Les premiers sont assez bons, mais bien sûr, aucun n'est aussi fort que Paco. Aucun n'a l'étoffe d'un prince des nuages. Quand vient le tour de Paco, Elita et Chana l'encouragent. « Elles vont avoir une sacrée surprise », se dit Paco tout sourire.

Malgré sa nervosité, Paco parvient à se concentrer. Le silence s'abat autour de lui, lorsqu'il pose son oiseau sur le sable. Personne ne s'y prend de cette manière d'habitude ! Les gens commencent à chuchoter.

D'un geste habile, Paco tire sur les lignes. Le nez du cerf-volant se relève, le vent s'engouffre sous son ventre et, aussitôt, l'oiseau décolle.

Le public applaudit, cela tient presque de la magie ! Obéissant au doigt et à l'œil à son jeune propriétaire, l'oiseau vole majestueusement.

Il plonge, remonte, tourne, frôle les têtes et s'élance plus haut. La foule reste médusée devant toutes ces pirouettes.

Mais, soudain, une voix s'élève :

– C'est lui ! dit le père de Berardo. C'est le petit qui s'entraînait sur la plage !

Le nom de Paco commence à courir parmi les gens. Chana et Elita n'en croient pas leurs oreilles. La foule, très enthousiaste, vient de découvrir le visage de son mystérieux prince des nuages.

Le cœur gonflé de fierté, Paco continue sa voltige. Il veut leur en mettre plein les yeux, il veut mériter son titre.

Alors, une fois l'oiseau très haut, il tire à nouveau sur les lignes. Son cerf-volant descend en se tortillant. On dirait une danse ! Le public applaudit : des « oh ! », des « bravos » éclatent dans tous les sens.

Mais tout à coup, un grand CRRAAAC impose le silence. Le cerf-volant s'incline et perd de l'altitude. Paco fait tout ce qu'il peut pour le redresser, mais, en moins d'une minute, l'oiseau s'écrase près de l'eau. Une vague le recouvre, puis elle se retire.

Paco court vers son oiseau. L'oiseau moitié-moitié n'a pas résisté aux mouvements trop brusques des dernières figures. Ou peut-être que l'entraînement l'a trop fragilisé...

··· **Chapitre 6** ·······························

La belle équipe

Paco s'éloigne, le cœur brisé. Il marche vers les rochers de la digue et les escalade jusqu'au sommet. Dans le ciel, le triple parachute des Piquillos s'envole. Paco ne veut plus le voir. Il se moque bien du concours et des résultats, à présent…

Il reste un long moment, le nez planté dans ses genoux, à regarder les pélicans qui planent au-dessus des vagues. Un long moment pendant lequel Paco se sent plus seul que jamais… Jusqu'à ce que des cris le sortent de ses pensées :

– Paco ! Hé, Paco !

Deux silhouettes grimpent vers lui. Ce sont Esteban et Sebastiàn, de l'équipe des Piquillos! Paco leur fait signe. Ils ont l'air bien joyeux.

– Bravo, mon vieux! s'exclame Esteban, ton oiseau était incroyable! Tu es le meilleur pour faire des figures!

– Merci, murmure Paco.

– Quand tu as fait tous ces loopings! BOUH! On retenait notre souffle. Pas vrai, Sebastiàn?

– Ouaiiiis!

– Dommage pour ton oiseau. Mais quand même, c'était grand! Bravo, Prince des nuages!

Paco sourit timidement avant de rectifier :

– Je suis plutôt le prince des naufrages.

– Oh, fait Esteban, côté naufrage, on s'est pas mal défendus, nous aussi. Notre triple parachute a rejoint ton oiseau dans les vagues. La prochaine fois, on ne fera pas un cerf-volant mais un cerf-nageant !

À ces mots, les garçons se mettent à rire de bon cœur.

– Mais alors, qui a gagné ? demande Paco.

– C'est l'équipe de Dario, répond Sebastiàn. Ils avaient fait un dragon argenté magnifique. Mais ce n'est pas grave, on fera mieux l'année prochaine. D'ailleurs, en parlant de ça, Esteban et moi, on voulait te demander... Ça te dirait de rejoindre l'équipe ?

– Rejoindre les Piquillos ? demande Paco sans y croire.

Esteban acquiesce en ajoutant :

– On a besoin de toi, tu sais !

– Alors ? C'est oui ? insiste Sebastiàn.

Paco explose de joie.

– Bien sûr que c'est « oui » ! Vous rigolez !

Pour Paco, faire partie des Piquillos, c'est inespéré ! C'est encore mieux que d'arriver premier au concours. Faire partie des Piquillos, c'est gagner trois amis fous de ciel et de vent !

Fin

L'interview de Bonnemine

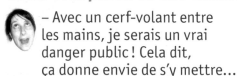

l'auteure du roman
Marie Vaudescal

les illustrateurs
Denise et Claude Millet

Savez-vous piloter un cerf-volant ?

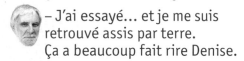 – Avec un cerf-volant entre les mains, je serais un vrai danger public ! Cela dit, ça donne envie de s'y mettre...

– J'ai essayé... et je me suis retrouvé assis par terre. Ça a beaucoup fait rire Denise.

Êtes-vous du genre timide, comme Paco, ou extraverti ?

– Ça dépend... Il y a des jours où j'ai confiance en moi, d'autres où je me cacherais dans un trou de souris.

 – Nous sommes réservés... mais ouverts !

Pour quelle raison seriez-vous prêts à vous lever très très tôt ?

– Pour m'occuper de mon fils qui sera bientôt là !

 – Il faudrait une raison très très très importante !

De quoi êtes-vous le « prince » ou la « princesse » ?

– Sans hésiter : la princesse des songes. Il m'arrive souvent de rester immobile, à réfléchir. Des heures entières !

– Je suis la reine des gâteaux ! J'adore faire des tartes, des crêpes, des babas au rhum...

Et toi ? Tu as lu *Le prince des nuages* et tu souhaites donner ton avis ? Écris à Bonnemine, *J'aime lire,* 3, rue Bayard, 75393 Paris Cedex 08, ou passe par internet : www.jaimelire.com

---

Les conseils BD de Bonnemine pour bien buller cet été !

Mon ami Grompf
Cœur de géant

Énormément drôle !

Tome 3,
Nob, éd. Glénat,
coll. "Tchô", *D Lire*.
48 p., 9,40 €.
À partir de 9 ans.

Arthur a beaucoup de chance : son animal de compagnie est un beau et énorme Yéti. Grompf est encombrant et gaffeur, mais c'est un vrai ami pour Arthur. À l'école, au parc, à la plage, Grompf est là. Beaucoup de bons gags et de bonne humeur dans cet album, qui reprend les aventures de Grompf parues dans la revue *D Lire*.

Rex

Espèce menacée, mais protégée !

Hata Masanori
et le studio Clamp,
Pika édition,
136 p., 8,90 €.
À partir de 8 ans.

Lors d'une expédition, le père de la jeune Tchié découvre des œufs mystérieux. L'un d'entre eux abrite un bébé dinosaure. Tchié va l'adopter à sa naissance et tenter par tous les moyens de le protéger des hommes...

Rex est une histoire pleine de suspense et très sentimentale qui s'adresse plutôt aux filles. Le sens de lecture est japonais (il faut commencer par la fin). Le format, un peu plus grand que celui d'un manga habituel, est très agréable !

Des BD pour l'été !

Petit Sapiens

Préhistorique mais raffiné

1. La vie de famille

2. Derrière la montagne

Ronan Badel, éd. Lito, coll. "Onomatopée", 46 p., 9 € chaque volume.
À partir de 9 ans.

Petit Sapiens vit au temps de la préhistoire. Sa vie, c'est l'apprentissage de la chasse au mammouth ou de la cueillette. Son pépé raconte des histoires inventées et sa mémé se perd tous les soirs... Comme le premier, ce deuxième album est joli, drôle, et même carrément poilant.

Oliver Twist

Dur mais beau !

Loïc Dauvillier et Olivier Deloye, éd. Delcourt, 48 p., 9,80 €.
À partir de 9 ans.

Oliver Twist est un personnage créé il y a plus de cent soixante ans par le grand romancier anglais Charles Dickens. Cet album présente le début des aventures d'Oliver, un orphelin de neuf ans. La vie n'est pas facile pour lui. Maltraité par les adultes qui s'occupent de lui, le jeune garçon doit très souvent se débrouiller seul...
Une adaptation réussie et des dessins splendides !
Tome 2 à paraître en octobre 2007.

Que de bêtises !

Le premier volume de notre gaffeur préféré, Anatole Latuile, est paru chez Bayard-BD ! Cet album regroupe les 14 premiers épisodes d'Anatole, parus dans *J'aime lire*, de décembre 2005 à janvier 2007. Si tu es un lecteur régulier de la revue, tu les connais sûrement. Mais si ce n'est pas le cas, cours vite chez ton libraire pour rattraper ton retard.

Anatole Latuile : C'est parti ! Anne Didier et Oliver Muller, Clément Devaux, Bayard-BD, 92 p., 8,90 €.

LE COURRIER

C'est vous qui le dites !

J'ai bien aimé *L'espionne est occupée* parce qu'il y a la guerre. Quand je serai grand je serai espion pour aider les gens.
Corentin, 9 ans, Plougastel (29)

Moi, Romarine
Juliette, Montpellier (34)

Dans *L'espionne est occupée*, il y a du suspense et de l'humour. Ce qui est bien, c'est que l'histoire parle du passé et du présent. Le passé est vrai.
Mégane, 9 ans, Blanzy (71)

Clément, 7 ans, Carmaux (81)

Coucou Bonnemine,
À l'école, on est aussi une bande d'espions. C'était parfait comment Romarine a espionné son père. Bravo à l'auteure !
Eleni, 10 ans, Mergoscia (Suisse)

Cher Bonnemine,
J'ai adoré *L'espionne est occupée*. J'ai bien ri quand Angelo a dit : « On va les appeler... les Merlans ».
Hugo, 8 ans, Strasbourg (67)

Mathilde, 8 ans, Saint-Ay (45)

Cher Bonnemine,
Je suis rentré depuis peu d'un voyage de deux ans à travers 7 pays. Lorsque j'étais en Inde, je t'ai découvert et tu es devenu mon meilleur ami. Je t'invite toi et tous tes lecteurs à venir voir mon site internet qui raconte mes aventures : www.la-family.net.
Viktor, 7 ans, Lorient (56)

J'ai adoré ce roman parce que la maîtresse devenait toute rouge quand elle était en colère. C'était rigolo !
Mélanie, Saint-Affrique-les-Montagnes (81)

Gabrielle, 7 ans 1/2, Villebon-sur-Yvette (91)

Envoie ta lettre, ta photo, ton dessin à :

J'AIME LIRE
Bonnemine Magazine
3, rue Bayard
75393 Cedex 08

N'oublie pas d'indiquer tes nom, prénom, âge et adresse.

54

Bienvenue à Acoâland !

Carré B

Carré A

Complète les grilles pour que chaque ligne, chaque colonne et chaque carré contiennent tous les chiffres de 1 à 4, une seule fois.

SI TU ES COINCÉ, la 1ʳᵉ ligne du carré A est : 31/42 ; la 1ʳᵉ ligne du carré du carré B est : 23/41.

55

Qu'est-ce qui amuse Alice et Camille ? Relie les points de 1 à 45 et tu le découvriras !

Combien de mouches Alice et Camille doivent-elles donner pour entrer à Acoâland ?

Compte toutes les fleurs de l'image, ajoute 4 à ce nombre et divise le tout par 2.

TARIF ENTRÉE

Têtard. ⟹ Gratuit

Petite grenouille. ⟹ 🪰 X ...

Grenouille adulte. ⟹ 🪰 X 10
🐝 X 4

Solution :
douze plus quatre = seize,
divisé par deux = huit mouches
chacune.

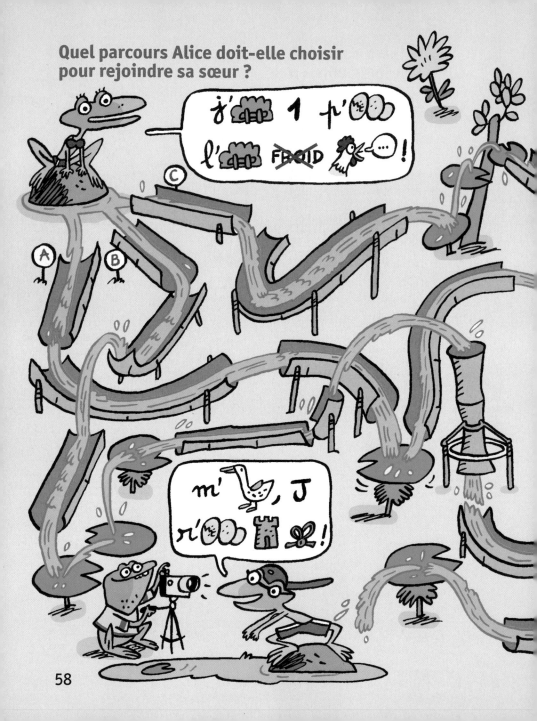

Que disent-ils ?

Pour le savoir, déchiffre les rébus.

Comment Alice appelle-t-elle son plongeon ?

Barre les mots de la liste dans la grille et reporte les lettres restantes.

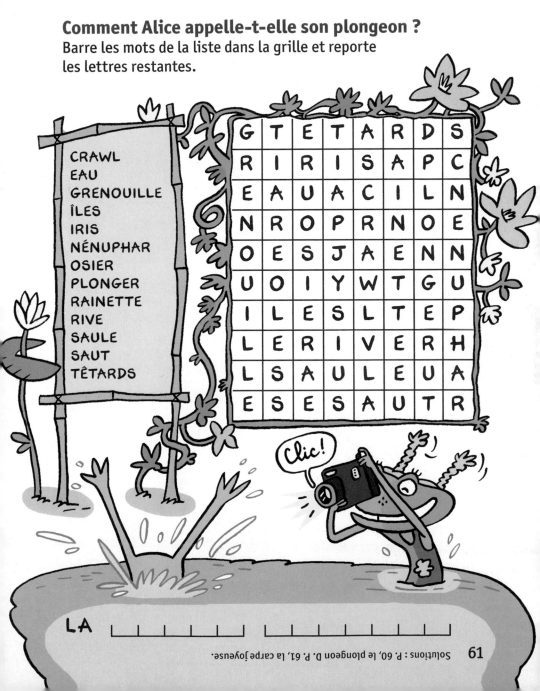

CRAWL
EAU
GRENOUILLE
ÎLES
IRIS
NÉNUPHAR
OSIER
PLONGER
RAINETTE
RIVE
SAULE
SAUT
TÊTARDS

G	T	E	T	A	R	D	S
R	I	R	I	S	A	P	C
E	A	U	A	C	I	L	N
N	R	O	P	R	N	O	E
O	E	S	J	A	E	N	N
U	O	I	Y	W	T	G	U
I	L	E	S	L	T	E	P
L	E	R	I	V	E	R	H
L	S	A	U	L	E	U	A
E	S	E	S	A	U	T	R

Clic!

LA |_|_|_|_|_|_|_|_|_|_|_|_|_|_|

Quel parfum de glace choisissent Camille et Alice?

Reporte les lettres dans les grilles des bulles
en suivant le code couleur.

Solution : Camille a choisi fraise et Alice cassis.

Conception :
Christophe Nicolas.
Illustrations :
Laurent Audouin.

LA FABRIK A MOTS

Qui veut jouer avec les mots ?

➡️ Une **voyelle**, une **consonne**, une **voyelle**, une **consonne** : c'était la règle de ce jeu pas facile. Bravo à ceux qui ont réussi !

Mon âne rêve d'une rose
Pierre, 9 ans, Nantes (44)

Bar à méduse : la petite sirène sirote du jus acide
Pauline, 9 ans, Bourg-lès-Valence (26)

Mon Ami Le Lapin A Le Pelage Pâle.
Célia, 9 ans 1/2, Sort-en-Chalosse (40)

Ma maman adore les ananas.
Juliette, 8 ans, Corné (49)

Rémi rigole de la tête ridicule de son ami Many
Alix, 10 ans, Valence (26)

Hélène m'a volé mon animal en or et Alix a décimé mon élevage de puces
Baptiste, 11 ans, Crach (56)

Ma copine Manon a mis une minijupe rose
Julie, 9 ans 1/2, Lyon (69)

Le père de Kévin a le visage d'un ahuri
Marc, 13 ans, Strasbourg (67)

64

Ma copine rame
sur un animal
à tête rigolote
Lola, 8 ans, Fréjeville (81)

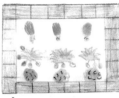

J'adore l'image
de ce potager
*Laura, 9 ans,
Reichstett (67)*

Ma tata Lisa habite
le Japon, à Kôbé
Fabien, 9 ans 1/2, Espondeilhan (34)

Maman imite la girafe
malade

je me sens pas bien

Lauriane, 8 ans 1/2, Saint-Rémy-lès-Chevreuse (78)

⇨ Prochain défi Fabrikamots :
< La phrase dure à dire >

« Je veux et j'exige d'exquises excuses »,
« Je vais chez ce cher Serge » : connais-tu
les **« virelangues »**, ces **phrases très dures
à dire** ? Bonnemine te propose d'en
inventer une à ton tour. Elle n'a pas besoin
d'être longue, l'essentiel est qu'elle soit
imprononçable, même par toi !

Envoie ta phrase dure à dire à : Fabrikamots,
J'aime lire, 3, rue Bayard, 75393 Paris Cedex 08
(n'oublie pas d'indiquer tes nom, prénom,
âge et adresse).

JOJO
LE CHOW-CHOW
CHERCHE
UN SACHET DE
SOUPE CHINOISE

Chocho
le jojo...

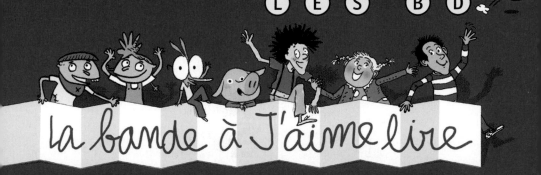

la bande à J'aime lire

SUPER! c'est le mois...

...d'aoûaoûaoût !

Des jeux
pour s'amuser cet été

HORS-SÉRIE   ÉTÉ 2007

J'AIME LIRE

SUDOKUS
JEUX ANGLAIS
MOTS FLÉCHÉS
RÉBUS ET CODES
MOTS MÊLÉS
BD

JEUX
et BD !

3,90 €

En cadeau

Dès aujourd'hui chez ton marchand de journaux

Anatole Latuile

Tarzan à la ferme

71

72

On s'est fait attaquer par une vache !

Et elle a mangé notre baguette !

Ah bon ?

Ce serait possible d'en avoir une autre ?

Et aussi du lait ? Le problème, c'est qu'on n'a plus d'argent...

D'accord, mais en échange, vous allez aider Louis à ramasser les mirabelles.

Tiens, c'est carnaval ?

C'est simple : vous prenez une gaule pour secouer les branches.

Quand les fruits sont tombés, vous les mettez dans les paniers... Délicatement.

Supermaaaaan !

Ohioioooooooo!

Mop!

Mop!

Mop!

Attention ! Les branches sont fragiles, il faut les secouer doucem...

Scénario : Anne Didier et Olivier Muller. Illustrations : Clément Devaux. Couleurs : Mathias Martin.

Découvre *C'est parti !* le nouvel album d'Anatole, en librairie.

Deviens le détective de l'été !

LES TRÉSORS DE
J'AIME LIRE
HORS-SÉRIE

3 romans pour mener l'enquête

Actuellement chez ton marchand de journaux

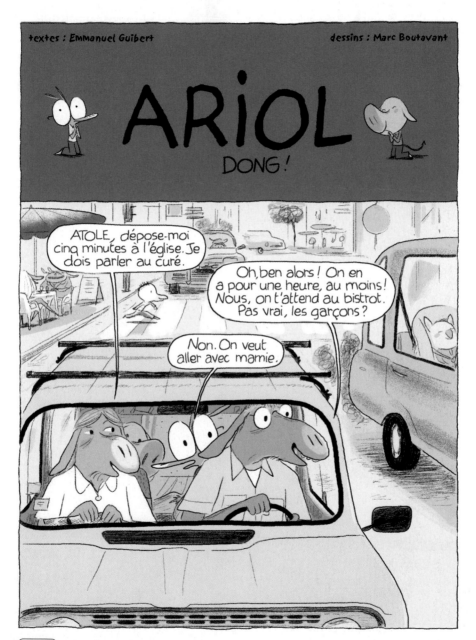

Vous êtes sûrs que vous ne préférez pas une limonade bien fraîche?

Après. D'abord, je montre l'église à RAMONO.

Moi, j'aimerais mieux aller au bistrot. J'ai soif.

Attends, tu vas voir, ça va te plaire.

Les enfants, je dois parler en vitesse de la chorale avec l'abbé BRILLET, alors vous restez bien sagement dans l'église et vous ne faites pas de bruit.

D'accord.

C'est quoi, la chorale?

C'est ma mamie qui chante dans un groupe. Viens, je vais te montrer quelque chose.

84

85

Retrouve Ariol le mois prochain, et découvre son nouvel album, *Copain comme cochon,* en librairie.

DANS J'AIME LIRE LE MOIS PROCHAIN

C'est aussi dingue que de partir pour le Moyen Âge !

SEPTEMBRE 2007 · N°368

7-10 ANS

J'AIME LIRE

Dans la peau d'un lutin

En kiosque le 22 août 2007

J'AIME LIRE 3, rue Bayard, 75393 Paris Cedex 08. Tél. 01 44 35 67 35. Fax 01 44 35 60 46. E-mail : jaimelire@bayard-presse.com

ABONNEMENTS : Notre service clients est à votre disposition de 8 h 30 à 19 heures. **Tél. 0 825 825 830** (0,15 €/mn). Fax 0 825 825 855. Appels de l'étranger : 33 1 46 48 46 50. Abonnements, Bayard Presse, TSA 50006 - 59714 Lille Cedex 9. E-mail : bpcontact@bayard-presse.com.

Directeur de la publication : Bruno Frappat. Directeur délégué : Pascal Ruffenach. Directrice adjointe : Florence Guémy. Directrice du pôle enfance : Nathalie Becht. Rédacteur en chef visuel du pôle enfance : Martin Berthommier. Rédactrice en chef : Marie Lallouet. Rédacteurs : Christophe Nicolas (chef de rubrique romans), Arnaud Alméras, Sylvie Thierry. Premier rédacteur graphique : Pierre Hovnanian, directeur artistique. Secrétaires de rédaction : Nathalie Xouyoundjian (SGR), Jacqueline David. Assistante : Françoise Toutlemonde. A collaboré à ce numéro : Laure-Elisabeth Bourdaud. Chef de marché : Clotilde Daville. Chef de produit : Claire Etchégoyhen. Contrôle de gestion : Magali Le Corvec. Directrice de publicité : Agnès Deutancourt. Interdeco, 01 41 34 83 05.
J'aime lire est édité par Bayard Presse S.A., société anonyme à directoire et conseil de surveillance – 3, rue Bayard, 75393 PARIS Cedex 08. Président du directoire et directeur de la publication : Bruno Frappat. Principaux associés : Congrégation de l'Assomption, S.A. Saint-Loup, Association Notre-Dame du Salut. Rédactrice en chef : Marie Lallouet. Imprimeur : Winkowski Sp. Z o. o, Warszatowa 8, 64920 Piła, Pologne. Loi n° 49956 du 16/07/1949 sur les publications destinées à la jeunesse – Comité de direction : Bruno Frappat, président du directoire ; Dominique Rénard, André Antoni, Georges Sanerot, directeurs généraux. Commission paritaire : 0907 K 82078. ISSN : 0399-4600. Dépôt légal à date de parution. « Les noms, prénoms et adresses de nos abonnés sont communiqués à nos services internes et aux organismes liés contractuellement avec J'aime lire sauf opposition. Dans ce cas, la communication sera limitée au service de l'abonnement. Les informations pourront faire l'objet d'un droit d'accès ou de rectification dans le cadre légal. » © 2007
J'aime lire existe aussi en braille. Renseignements au 00 32 22 41 65 68 ou par internet : www.ona.be

OJD
PRESSE PAYANTE
2005

Si tu es abonné à *J'aime lire*, tu peux recevoir un ancien NUMÉRO de *J'aime lire* en écrivant à : ERS *J'aime lire* n° 367, BP 119, 28501 Vernouillet Cedex. *N'oublie pas de préciser tes nom, adresse et numéro d'abonné (imprimé sur le film). Offre réservée aux abonnés France jusqu'au 31/09/07.*

Posé sur la 4e de couv de ce numéro : un encart Multi TTB7 STD EXT207 pour abonnés France (110 112 ex.)

ABONNE-TOI !

J'aime lire c'est 100% Mystère

EN CADEAU
ton kit magie Tom-Tom et Nana

Bon à renvoyer à Bayard Jeunesse - TSA 50006-59714 LILLE cedex 9

Oui, je m'abonne à J'AIME LIRE

☐ **1 an • 12 n^{os} + 2 histoires audio**
à télécharger sur www.jaimelire.com • **57,80 €**

☐ **1 an • 12 n^{os} + 3 hors série jeux • 67,80 €**

JE RÈGLE PAR :

☐ Chèque en euros à l'ordre de Bayard
☐ Carte bancaire (CB, EC, MC, VISA)

N° ☐☐☐☐ ☐☐☐☐ ☐☐☐☐ ☐☐☐☐

EXPIRE FIN ☐☐☐☐   NOTEZ LES TROIS DERNIERS CHIFFRES DU N° INSCRIT
AU DOS DE VOTRE CARTE, PRÈS DE LA SIGNATURE. ☐☐☐

Signature obligatoire :

www.jaimelire.com
Merci de remplir cette grille d'adresse, quelle que soit la formule choisie.

☐ F. ☐ M.
SEXE   PRÉNOM

NOM   DATE DE NAISSANCE

NUMÉRO   RUE/AV./BD/LIEU-DIT

COMPL. D'ADRESSE (RÉSIDENCE, ESC., BÂT.)   TÉLÉPHONE

CODE POSTAL   COMMUNE   CODE OFFRE 1 5 2 9 3 4

E-MAIL _____ @ _____

*Prix de vente au numéro. Offre valable jusqu'au 31/05/08 en France métropolitaine uniquement.**Le cadeau est réservé aux nouveaux abonnés France métropolitaine. En cas de rupture de stock, vous recevrez un cadeau d'une valeur commerciale équivalente. Les cadeaux sont expédiés (séparément ou non) sous six semaines après enregistrement du paiement. Abonnements France par téléphone (de 8h30 à 19h00 - 0,15€/min) 0 825 825 830 ou par fax : 0 825 825 855, par internet : www.bayardweb.com. Les informations recueillies dans ce bon sont nécessaires au traitement de votre commande et sont destinées à nos services internes. Elles peuvent être communiquées aux organismes liés contractuellement avec Bayard, sauf opposition. Elles peuvent donner lieu à l'exercice du droit d'accès et de rectification prévu par l'article 27 de la loi du 6/01/1978. Pour toute demande, adressez-vous à Bayard Jeunesse – TSA 50006-59714 Lille cedex 09.

Contact abonnement hors France : **DOM TOM, UE** - (33) 1 46 48 46 50 / **Suisse** - (41) 22 860 84 02 / **Belgique** - (32) 87 30 87 46 / **Espagne** - (34) 91 405 70 45 / **Canada** - (1866) 600 00 61.